MARAVILLAS ASOMBROSAS
MACHU PICCHU

POR LORI DITTMER

CREATIVE EDUCATION • CREATIVE PAPERBACKS

Publicado por Creative Education y Creative Paperbacks
P.O. Box 227, Mankato, Minnesota 56002
Creative Education y Creative Paperbacks
son marcas editoriales de Creative Company
www.thecreativecompany.us

Diseño de The Design Lab
Dirección de arte de Graham Morgan
Editado de Jill Kalz
Traducción de TRAVOD, www.travod.com

Fotografías de Flickr (Biodiversity Heritage Library), Getty (Universal History Archive), Graham Morgan, Pexels (Angel Valladares, Mario Cuadros), Unsplash (Eddie Kiszka, Ruben Hanssen, Simon Schwyter, Willian Justen de Vasconcellos, Yuvy Dhaliah), Wikimedia Commons (Colegota, Dmitry Brant, Hiram Bingham III)

Copyright © 2025 Creative Education, Creative Paperbacks
Todos los derechos internacionales reservados en todos los países. Prohibida la reproducción total o parcial de este libro por cualquier método sin el permiso por escrito de la editorial.

Library of Congress Cataloging-in-Publication Data
Names: Dittmer, Lori, author.
Title: Machu Picchu / Lori Dittmer.
Other titles: Machu Picchu. Spanish
Description: Mankato, Minnesota : Creative Education and Creative Paperbacks, [2025] | Series: Maravillas asombrosas | Original English title: Machu Picchu. | Includes bibliographical references and index. | Audience: Ages 6–9 | Audience: Grades 2–3 | Summary: "Translated into North American Spanish, an elementary-level introduction to Machu Picchu, the hidden city in the Andes Mountains of Peru, covering how, when, and why the Inca built the famous wonder. Includes captions, on-page definitions, and an index"—Provided by publisher.
Identifiers: LCCN 2023045351 (print) | LCCN 2023045352 (ebook) | ISBN 9798889891109 (library binding) | ISBN 9781682775332 (paperback) | ISBN 9798889891406 (ebook)
Subjects: LCSH: Machu Picchu Site (Peru)—Juvenile literature. | Inca architecture—Juvenile literature.
Classification: LCC F3429.1.M3 D5818 2025 (print) | LCC F3429.1.M3 (ebook) | DDC 985/.37—dc23/eng/20231018

Impreso en China

Índice

Ciudad antigua	4
En lo alto de las montañas	6
El imperio inca	8
En el Camino	10
Rompecabezas de piedra	12
Ciudad oculta	16
Secretos sorprendentes	20
Maravilla destacada: escalón a escalón	22
Índice alfabético	24

MACHU PICCHU

Machu Picchu es

un sitio famoso en Sudamérica. Esta antigua ciudad tiene más de 500 años. Su nombre significa "montaña vieja" en lengua quechua.

Los restos de casas y otros edificios rodean la plaza principal cubierta de hierba.

Machu Picchu se encuentra a unos 7972 pies (2430 metros) sobre el nivel del mar.

Machu Picchu está en el sur de Perú. Está enclavada entre dos montañas a gran altura en la cordillera de los Andes. A sus pies corre el río Urubamba. Está rodeada de bosques tropicales. La ciudad puede haber sido un lugar de **retiro** para los gobernantes. Puede haber sido una **fortaleza**.

fortaleza   estructura fuerte construida para mantener a las personas a salvo de ataques

retiro   un lugar privado y seguro donde estar a solas

Las llamas con su paso seguro están bien equipadas para la vida en las empinadas pendientes de las montañas.

El pueblo inca construyó Machu Picchu en los siglos XV y XVI. En esa época, tenían un **imperio** grande y poderoso. Los incas cultivaban maíz y otros cultivos. Criaban animales como las llamas y las alpacas. Extraían oro y plata de las minas.

imperio   un área gobernada o controlada por una persona o un grupo

9

MACHU PICCHU

Más de 150 edificios conforman Machu Picchu. Un extremo de la ciudad se abre hacia el Camino Inca. Este largo sistema de caminos conduce hacia otras aldeas incas montaña abajo.

Todos los muros y edificios fueron construidos piedra por piedra.

Los incas construyeron la ciudad sobre grandes escalones planos cortados en las laderas de las montañas.

Los científicos creen que cientos de personas construyeron Machu Picchu. Los trabajadores probablemente comenzaron empujando enormes bloques de granito blanco cuesta arriba por la ladera. Luego, cortaron las piedras para que encajaran unas con otras, como un rompecabezas. No usaron **argamasa**.

argamasa   un pegamento que mantiene unidas las unidades de construcción

13

MACHU PICCHU

El Templo del Sol es el único edificio curvo en Machu Picchu.

MACHU PICCHU

Los incas adoraban al sol. El Templo del Sol de Machu Picchu tiene una forma **semicircular**. En su interior hay una gran piedra. La gente puede haber en ella ofrendas para el sol.

semicircular la mitad de un círculo

Explorador-soldado español Francisco Pizarro

Los exploradores españoles vinieron a Sudamérica en el siglo XVI. Capturaron al último gobernante inca en 1532. Pero no encontraron Machu Picchu. La ciudad se mantuvo prácticamente oculta del mundo exterior hasta 1911.

Con ayuda de un guía local, el maestro estadounidense Hiram Bingham encontró los restos de Machu Picchu en 1911.

17

MACHU PICCHU

Los incas abandonaron Machu Picchu casi de la misma época en que llegaron los exploradores españoles. No sabemos por qué se fueron. Tal vez necesitaban agua. Tal vez contrajeron las nuevas enfermedades que traían los forasteros.

Los incas construyeron su ciudad de piedra sin ayuda de herramientas de hierro o ruedas.

Machu Picchu

se mantuvo oculta y a salvo durante cientos de años. Hoy, es un ejemplo de la creatividad del pueblo inca. ¡Esta maravilla perdurable todavía tiene mucho que enseñarnos!

Cada año, miles de visitantes llegan a Machu Picchu en tren o a pie.

Maravilla destacada: escalón a escalón

Machu
Picchu está rodeada de más de 700 áreas planas llamadas terrazas. Los incas las cortaron en la ladera empinada. Allí plantaban sus cultivos. Las terrazas impedían que la lluvia o el viento se llevaran la tierra. Los incas también crearon un sistema para regar los campos. Escalones de piedra conectan los diferentes niveles. Muchos de los escalones eran tallados en un solo bloque de granito.

Índice alfabético

Camino Inca, 11
construcción, 8, 11, 12, 19, 22
escalones, 12, 22
exploradores españoles, 16, 19
llamas, 8

montañas, 7, 8, 11, 12
piedras, 11, 12, 15, 19, 22
pueblo inca, 8, 15, 19, 20, 22
Templo del Sol, 15
ubicación, 4, 7